내 사랑이 참 좋던 날

내 사랑이 참 좋던 날

초판 1쇄 | 2005년 7월 25일

지은이 | 용혜원

펴낸이 | 김영재

펴낸곳 | 책만드는집

주소 | 서울 마포구 합정동 428-49 4층(121-886)

전화 | 3142-1585·6

팩시밀리 | 336-8908

E-mail | chaekjip@chol.com

등록 | 1994. 1. 13. 제10-927호

ⓒ 용혜원, 2005

89-7944-224-6(03810)

용혜원 시집

내 사랑이 참 좋던 날

책만드는집

1 __내 마음의 빈 들판에

또 다른 여행을 꿈꾸며___2

3__ 놓아두고 간 사랑의 조각들

내 발길이 머문 곳은___4

삶

채워도

　　채워도

　　　채워질 줄 모르는

　　　　빈 항아리

내 사랑이 내 안에 가득하다 나를 행복하게 해주는 내 사랑이 참 좋다

내 마음의 빈 들판에

1

사랑하는 마음을 지울 수 없게
내 마음의 골목을 돌아다니는
너를 만나면
오랫동안 시들지 않는
사랑을 꽃피우고 싶다

네가 내 마음속에 숨어들어
외로움에 몸살을 앓게 되더라도
너를 놓치고 싶지 않다

너만 있으면
창백한 내 얼굴도 생기가 돌아
힘차게 다시 살아날 것 같다
나는 네가 아니면
아무도 가슴에 품을 수가 없다

네가 내 마음의 골목에
언제든 침입해 들어와도
그리움이 응고되어 아픔이 되도록
나를 떠나지만 않는다면 괜찮다

내 마음이 흔들리고 있을 때

고통의 칼날이 예리하게 찔러올 때
틀 속에서 벗어난
짧은 만남이었는데
오랜 기억으로 남아 있는 것은
내 마음이 흔들렸다는 것이다

만남의 순간이 빠르게 흘러
가슴이 저려와
하고 싶었던 말도
못 하고 헤어졌는데
지나고 나니 그 순간이 너무나 아쉽다

떠나간 날 생각하면 눈물이 나고
그리움에 가슴이 미어지는데
표현할 수 없는 사랑이기에
추억의 틀에 묶어놓는다

어느 세월 어느 순간에
가슴에 맺힌 사랑을
다 고백할 수 있을까

그리움을 헹궈 강물에 띄워 보내면
그대를 만날 수 있을까
세월은 흘러만 가고
만났던 순간들은 아쉬움으로 남는다

내 사랑이 참 좋던 날

내 사랑이 참 좋던 날

온 세상을 다 얻기라도 한 듯
두 발은 구름 위로 두둥실 떠오르고
설레고 부픈 가슴을 어찌할 수가 없어
자꾸만 웃음이 나온다

날마다 핏기 하나 없는 얼굴로
초라해지기만 하던 내 모습을
바라보기 싫어 울고만 있었는데
내 사랑의 심지에 불붙인 그대에게
내 마음을 다 주고 싶어 가슴이 쿵쿵 뛴다

외로움의 덩어리가 다 사라져버린
텅 빈 자리를 가득 채워주는
내 사랑이 꿈 있듯 내 안에 가득하다

나를 끌어들인 그대의 눈빛에
정이 깊이 들어가는데
늘 가슴 저리도록 그리워지는 것은
내 맘에 가장 먼저 찾아온
나만의 사랑이기 때문이다

우리 마음이 서로에게 맞닿아
세상에 부러울 것 하나 없이
멋지고 신나는 기분에 빠져들게 하고
나를 행복하게 해주는
내 사랑이 참 좋다

그대가 활짝 웃던 날

그대가 활짝 웃던 날
가슴을 벅차게 하는 기쁨이
행복을 준다는 것을 알았습니다

늘 그늘지던 그대 얼굴에
옥죄이는 아픔만 가득해
나오는 것은 한숨뿐이었는데
그대도 행복한 사람이 되었습니다

그대가 활짝 웃던 날
나는 나를 찾았습니다
삶의 의미를 알게 되었고
사랑의 소중함을 깨달았습니다

나를 뿌듯하게 하고 돋보이게 하는
이렇게 행복한 날
그대를 꼭 안고 춤을 추고 싶습니다

그대가 활짝 웃던 날
나도 가슴을 펴고 활짝 웃었습니다

홀로 남던 날

홀로 남던 날
외로움도 같이 남았다

외로움이 그 깊이를 더할수록
낚시에 걸려든 고기처럼
네 생각에 파닥거린다

외로울 때면
남아 있는 시간의 길이가
더욱 길게 느껴진다

너무 외로워 길모퉁이에 서 있으면
아무런 관심 없이 오가는
무표정한 사람들 속에
외로움만 더 커진다

그리움으로 불면에 시달릴 때면
가슴 아픈 말일지라도
너의 목소리만이라도 들을 수 있다면
덜 외롭겠다

해바라기

그대 그립다
외로움에 오싹 한기를 느낀다

한여름 날
너무 심심한데
신나는 일 없을까

그대 오지 않는다
생각 속에선 투명한데
나에게로 오는 길을 지워버렸다

자지러지게 웃던 그대 모습을
보고 싶은 마음에
세상에 얼굴을 다 드러내보았다

그대 그리워
생각의 그물에 걸려들어
꼼짝 못한 지 오래되었다

낙엽이 물들어가는 가을
남은 세월 시들기 전에
그리움을 더듬어
그대를 만나고 싶다

잊었던 사랑

내 생각의 창고에 먼지가 쌓이도록
잊었던 사람이
불쑥 내 곁으로 다가왔다

아주 모른 척 살았는데
잘 닫아놓은 문처럼
아주 잊고 살았는데
봄날 다시 피어난 꽃처럼
내 가슴에 다시 피어난다

만나면 무엇부터 어떻게 말해야 할까
생각이 나질 않는다
그냥 말없이 바라만 보고 있어도 좋겠다

살아가면서 꼭 한 번만이라도
만나고 싶은데
다시 만날 수 있을까

이루어질 수 없는 만남이기에
어색하기만 하고 가슴이 아프다

잊었던 사람은
다시 잊고 살아야 한다
다시 만나기에는 너무나 많은 세월이 흘러갔다

그대 생각

그대 생각이 또렷해질수록
미쳐버릴 것 같아
맨가슴에 불을 질러놓은 듯
펄쩍펄쩍 뛰며 소리를 질렀다

기다릴 수 없는 외로움에 지쳐
움켜잡을 수 없는 생각 속에 흘러만 가는
세월이 안타까웠다

어디론가 밀려가던 생각이
꿈속 같은 마음을 뜨겁게 하고
슬픔에 허우적거리며
그대 생각에 다시 빠진다

긴 한숨으로 응어리진 생각 속에
붙잡을 수 없도록 마음이 흔들릴 때
그리움을 툭툭 건드리면
숨결 따라 끌어당기는
그대 생각이 더욱 간절하다

상기된 그대 얼굴이 보고 싶다
내 생각의 틀을 부수고
그리움의 안개를 벗어나
언제까지나 그대 곁에 있고 싶다

아주 오랫동안 간직해도 좋을 사랑

그대는 내 마음의 깊은 곳에서
날마다 감탄과 기대를 만들어주는
아주 오랫동안 간직해도 좋을 사랑입니다

우리의 사랑은
부끄러울 것도 없고
거리낄 것도 없는 순수한
언제 어디서나 마음껏 자랑해도 좋을
멋지고 신나는 사랑입니다

그대는 항상 삶의 소중함을 일깨워주고
나의 생각과 뜻과 행동을 새롭게 변화시켜주는
내가 늘 꿈꾸어왔던 사랑입니다

그대는 내가 깜짝 놀랄 만큼
행복을 가득 채워주기에
사랑하면 할수록 신이 납니다

늘 풍성하고 흥미롭고 낭만적인 내 사랑을
한순간도 멈추고 싶지 않습니다
우리에게 주어진 날 동안
언제나 사랑하며 살겠습니다

내 마음의 끝에 걸터앉아 있는
그대를 기다림도
늘 그대를 만나기 원했던 나이기에
지루함은 전혀 없다

그대의 사랑을 가슴에만 담고 살기에는
너무나 안타까우므로
마음껏 표현하며
자유롭게 살고 싶다

그리움의 눈망울을 굴리면
그대가 눈앞에 보이고
그대의 숨결을 느낄 수 있어
내 안에 흘러 들어오는 그대를 사랑한다

우리 사랑이
안개 자욱한
추억 속의 그리움이기보다는
햇살 맑은 날
서로의 영혼을 맑게 해주는
함께하는 사랑이고 싶다

홀로 남기 싫어 사랑하였다

네가 곧잘 웃으며
나를 미소 짓게 해주는 것만으로도
나는 기쁘다

유난히 쿡쿡 찔러 들어오는
너의 눈빛을 바라보는 것만으로도
나는 행복하다

고독을 온몸으로 안고 뒹굴다가
너를 안 보면 미칠 것 같아
한때는 격렬하게 몸부림쳤지만
지금은 이렇게 잠시라도
너를 만나는 기쁨에 즐겁다

나를 늘 갈증나게 만드는
순수하고 해맑은 너의 눈빛은
내 삶의 버팀목이다

삶에 지친 그늘 속에
홀로 남기 싫어 너를 사랑했다

잠깐만이라도
너를 바라보며 행복할 수 있는
순수하고 소박한 사랑이
나는 좋다

내 마음에 고여든 사랑

그리움이 바다처럼 넓게 퍼져나가면
고독은 나를 절망하게 한다

아프도록 그립던 날 흘렸던
눈물을 찍어
내 심장까지 하트 모양으로 만들어놓은
그대를 그리고 싶다

날마다 피어나는 그리움이
그대를 찾아가고 싶어 줄줄이 서 있는데
가만히 앉아 기다릴 수 없어
그대를 찾으러 미친 듯이 달려간다

다시 솟구칠 사랑의 기쁨을 찾아
그대를 만났던 곳들을 찾아다니며
그대를 다시 만날 기대에 부푼다

내 마음의 도처에 살고 있는 그대가
지척에 있을 것만 같은데 없어
사랑도 떠나가면 지독하게 잔인하다

내 마음에 고인 사랑이 쉬 삭아내리지 않고
눈물로 남아 있을 때
보고픔에 흘린 눈물방울을 찍어
내 마음을 온통 분홍빛으로 만들어놓은
그대를 그리고 싶다

황톳길을 맨발로 걸으면

세월의 발판을 딛고 일어서려고
발바닥에 땀나도록 힘겹게 뛰며
눈빛이 뻘게지도록 논쟁을 일삼던 날들에서
잠시라도 쉴 틈을 찾아 벗어나야 한다

피곤한 발걸음의 속도를 늦추고
황톳길을 맨발로 걸으면
닫혔던 마음도 열려 나누는 대화도 정겹고
도시의 콘크리트 생활에 익숙해 있던
생각이 오랜만에 순수해진다

황톳길을 맨발로 걸으면
늘 피곤이 몰려 뒷골이 당기고
늘 쫓겨 살아 초점을 잃었던
삶에 쉼표 하나 정확하게 찍을 수 있다

삭막하고 메마른 도시를 떠나
황톳길에 누워 파란 하늘을 바라보면
허기지도록 잊고 살았던 고향에 온 듯
가슴속 심장이 뛰고 마음이 편안해진다

잡다한 생각으로 머리가 복잡해지고
마음이 자꾸만 바빠지고 급해질 때
맞잡을 손 하나 없이
외로움에 갇혀 있는 것만 같을 때
여유를 갖기 위해
커피 한 잔에 마음을 풀어놓는다

초조함 속에 가쁜 숨 고르기가 필요할 때
늦었음이 안타까워 맨땅 위에서
발을 동동 구르게 될 때
마음을 차분하게 만들면
모든 일에 생기가 돌아 만사는 술술 풀린다

한 잔의 커피와 함께 생각할 시간을 가지면
복잡하던 일 속에 또렷한 길이 생겨나고
허전하던 마음이 채워진다

잠시 잠깐의 토막 시간이지만
삶의 속도를 늦추고 마음을 추스를 수 있는
멋진 낭만의 시간이다

산다는 것이 슬픔이 될 때

산다는 것이 슬픔이 될 때
찾아드는 외로움에
가로등 불빛조차 슬퍼 보였다

즐거움 속에 웃음이 가득하던 네가
두 뼘도 되지 않는
내 가슴을 찢어놓으면
그 아픔을 어찌해야 할까

꿈은 아득한 절벽 아래로 떨어져 버리고
내 가슴은 긴장할 대로 긴장해
바람에 바스락거리는 소리에도
너일까 놀라고 있다

내 가슴을 휘젓고 다니는 네가
내 마음의 빈 들판에
한 송이 들꽃이 되어 피어나면 좋으련만
늘 가시가 돋쳐 있는 너를
사랑하는 것이 슬픔이다

단풍이 물들어가는 가을에
벽돌색과 흰색의 단조로움이 편하게 느껴지는
포항 영일대 가든 뷰에서
모닝 커피 한 잔을 마신다

간밤에 단잠을 자고 나서인지
몸이 가볍고 상쾌하다

창밖의 나무들을 바라보고 있자니
초록빛이 내 마음에서 생명의 빛이 되고
붉게 물든 잎들이 그리움이 된다

메마른 입술을 촉촉하게 적시고는
코끝에 와 닿는 커피 향기
이른 아침에 마시는 한 잔의 커피가
조금은 허전했던 입 안을 따뜻하게 해주고
나를 행복하게 만든다

오늘 나는 커피 한 잔에
가을을 만나보았다

허물어진 사랑

내 가슴의 틈 속에서
목이 잠기도록 울어대는 그리움 탓에
쏟아지는 눈물로 가슴이 흠뻑 젖었다

가슴에 스며든 그리움이
더듬이를 세워
너를 불러내고 있다

사랑했던 순간들이 툭툭 꺾여나가고
뜬눈으로 긴 밤을 지새우게 한
고독을 홀로 삼키기에는
너무나 쓰다

네가 놓아두고 간 사랑의 조각들을
홀로 맞추고 있기에는
너무나 괴롭다

이끼처럼 달라붙어서 지울 수 없고
드러나지 않도록 헝클어뜨리고 묻어둔
아픈 그리움을 홀로 간직하기에는
허물어진 사랑에 기댈 수 없어
너무나 괴롭다

그리움을 가슴에 새기고 살아갈 수 있음이 행복하다

또 다른 여행을 꿈꾸며

2

세계에서 가장 아름다운 정원이라 불리는
부차드 가든에서
각국의 관광객들 틈에 끼어
수많은 꽃을 바라본다

파헤쳐지고 버려진 석회석 광산에
사랑의 손길로 꽃들을 심고 가꾸며
생명을 불어넣어 만든
아름다운 동산이다

싱싱하고 아름답게 피어나는
꽃들을 바라보는 사람들의 마음에
그늘이 사라진다

백 년 동안 대를 이어 가꾸어온
꽃들의 조화를 바라보는
사람들의 얼굴에도 웃음꽃이 피어난다
꽃들의 축제에 초대받은 것이 기쁘다

꽃들은 언제나 사랑과 희망을 전해준다
부차드 가든에서
자연을 사랑하는 법을 배운다

밴쿠버 빅토리아 하버타워 호텔

사람들은 세월의 흐름을 잊고 싶을 때
여행을 떠난다

조지아 해변의 아름다운 해안을 바라보며
밴쿠버 빅토리아에 배를 타고 들어왔다

150년 역사의 흐름을
그대로 간직한 거리에 있는
빅토리아 하버타워 호텔에서
하루를 머문다

갖가지 볼거리가 가득한 밤거리를 거닐며
태평양이 발끝에 와 닿은
아름다운 풍경에 취할 때
외로움도 여운을 남겨놓는다

낯설어야 하는 밤거리가 친숙하고
튀지 않고 모나지 않고 화려하지 않은
모든 것이 순수하게 다가온다

여행은 익숙하지 못한 것들을
보고 만나는 것이다
여행 속에선 모든 것이 다 새롭다
여행은 새로운 것들을 찾아 떠나는 것이다

밴쿠버 야경

랜드마크 호텔 42층 스카이라운지에서
밴쿠버 야경을 바라본다

어둠을 밝히기 위하여
수많은 불이 켜져 있지만
어둠은 어둠대로 더 진하게 물들어 있다

호텔의 스카이라운지가
한 시간 반 동안 돌며
밴쿠버의 밤 풍경을 아낌없이 보여준다

밤이 깊어갈수록
더욱 정겨워지는 사람들
나누는 눈빛과 대화 속에서 사랑이 무르익는다

밤은 사람을 외롭게 하여
더 깊은 사랑을 하고 싶게 만든다

밤 풍경을 바라본 시간만큼
오랜 기억으로 남을 것이다

로키산맥 한 자락에 있는
넉넉하고 아름다운 방에서 휴식을 취한다

높은 산들 사이로 하늘에 맞닿을 듯이
자라나는 나무들이 내뿜는 싱그러운 향기에
온몸이 젖어들어 기분이 상쾌하다

자연의 어울림을 바라보며
살아 있음의 기쁨을 만끽한다

맑고 푸른 하늘 아름다운 산들을 바라보며
사랑하는 사람과 걷다 보면
가슴에 사랑이 가득해져 행복하다

겸손할 줄 모르던 사람들도
거대한 산을 바라보면 고개를 숙인다

호텔에서의 바비큐 파티는
맛과 즐거움 속에 사는 재미를 더해준다
눈 녹아 흐르는 물에 몸을 담그니
여행의 피로가 말끔히 사라진다

밴쿠버 스탠리 공원

아름다운 해변을 따라
조깅하는 사람들의 밝은 표정이
내 심장을 뛰게 한다

여행을 온 사람들은
새로운 것을 바라보는 즐거움에
푹 빠져 있다

이곳에서 일상을 살아가는 사람들에게서는
모난 구석이 보이지 않고
순수한 여유 속의 낭만이 느껴진다

속도를 즐기듯 바쁜 삶에서 떠나
느림의 여유를 갖는 여행은
마음을 풍요롭게 만들어준다

항상 멈출 줄 모르고
새로운 변화를 시도하는 자연 속에서
아침마다 조깅을 하고 싶다는
생각이 스쳐 지나간다

새벽은 먼 곳에서부터 밝아온다

도시의 거대한 뼈대 같은
빌딩들의 윤곽이
서서히 드러나기 시작한다

밤새 어둠을 밝혀주던
가로등 불빛이 의미를 잃어갈 때
거리는 제 모습을 드러내기 시작한다

어둠 속에서 정지된 듯 멈추어 있던 것들이
일제히 다시 살아나 움직인다

도시의 동맥에 흐르는 피 같은
차량이 오가며
또다시 하루만큼의
새로운 날이 시작된다

여행 중에 태양이 떠오르면
새로운 것들을 만날 기대감에
마음이 부풀고
노을이 지면
그리움도 짙게 물들어버린다

로키산맥 빙하근원지대

멀게만 보이던 산들이
하나의 선으로 그려질 때
그 정겨움에 여행이 즐겁다

하얀 천을 보기 좋게 주름 잡아 올린 듯한
산들의 빙하가
수천 년을 지켜온 신비함을 보여준다

안드로메다 산 빙하지대를 따라
콜롬비아 아이스필드로 설상차를 타고 들어가면
눈앞에 보이는 빙하가 참으로 신기하다

빙하가 녹은 차가운 물을
한 컵 받아 마시면
만 년의 세월이 몸 안으로 흘러 들어온다

만년설이 녹아내린 물을 마시니
자연의 신비로움 속에
깊이 빠져들고 싶다

대자연 앞에
나는 지극히 작은 존재인 것을
무슨 허풍을 떨며 살겠는가

자연의 순수함을 바라보고 있으면
내 마음의 바닥까지 환하게 들여다보인다

루이스 호수

빅토리아 여왕의 딸의 이름으로
명명된 루이스 호수
바라보면 볼수록
탄성이 쏟아져나온다

세계 10대 절경 중의 하나이니
얼마나 아름다운 곳인가

호수 전체가 에메랄드 빛을 발하는
하나의 커다란 보석이다

노케이 산과 캐스케이드 산,
로키산맥의 늠름한 모습
나무들과 강, 호수를 바라보는
즐거움에 흠뻑 빠졌다

여행은 마음을 넓게 만들고
생각을 풍부하게 만든다
모든 것을 감사하게 하며
사랑하고 싶은 마음을 열어준다

창조의 손길이 만든 아름다움을 보며
감사의 마음이 가득해진다

캘거리 프라자 호텔

세계에서 제일 아름답다는
도로를 달리며 산과 호수를 보는
즐거움에 한동안 빠져 있었다

여행의 피로를 풀기 위해
캘거리 프라자 호텔에 머문다

밤이 다시 찾아와
어둠이 모든 틈새까지
속속들이 파고들고 있다

여행은 모든 것을 잊게 하고
보고 즐기는 가운데 몸과 마음을 쉬게 해준다

그런데 어쩐지
아무리 아름다운 것을 보아도
아무리 좋은 것을 보아도
시간이 흐르면 흐를수록
내 마음은 내가 사랑하는 곳에 먼저 가 있다

세러턴 폴스뷰 호텔

나이아가라 폭포를 바라보며
한 잔의 커피를 마신다

자연의 풍요를 누리는 나라는
여유와 자유를 만끽하며 살아간다
질서와 평화에 만족하며 산다

자연이 아름다운 나라는
자유와 낭만과 꿈을 찾아
많은 나라에서 여행을 오고 이민을 와서
새로운 꿈을 꾸고
내일을 찾으며 살아간다

수많은 사람이 오고 갔을 이 호텔은
여행자들에게 단잠을 제공하고
피로를 풀어준다

정원처럼 아름다운 도시를 바라보며
내가 여기에 있음에 좋아한다

토론토 중국인 거리

세계의 곳곳에는
중국인 거리가 있다

그들만의 독특한 붉은색이
거리에 물들어 있다

부지런히 움직이는 사람들
하나 된 언어와 하나 된 마음으로
단결하는 사람들
척박한 땅에서도 굳게 굳게
뿌리를 내리며 힘차게 살아간다

타국의 땅에서도
그들만의 문화를
그대로 이어가는 모습이
참 대단하다

죽음의 시선을 넘는 시련과 고통을
견디고 이겨냈기에
토론토에서도 넓게 자리 잡고 살아간다
앞으로 이들은 얼마나
거대한 힘을 발휘할 것인가

나이아가라 폭포 1

산과 계곡, 초원과 숲을 지나며
모여든 물이 흐르고 또 흘러내려
거대한 물줄기가 되어
쏟아져 내리는 것이 장관이다

흐르는 물이 만들어놓은
아름다운 광경이
탄성과 환호와
크나큰 함성을 유도한다

물방울 하나하나가 모여들어
합치고 흘러내릴 때
얼마나 거대한 힘을 발휘하는가를
실감나게 보여준다

여행에서
자연의 투명한 아름다움을 볼 때
삶이 순수해지고
기쁨과 용기가 가득해진다

삶이 우울하다면
나이아가라 폭포로 여행을 떠나라

권태와 짜증과 원망과 지루함을
속 시원하게 쏟아져 내리는
폭포 속에 아낌없이 던져버려라

거침없이 쏟아져 내리는
몸들이 연출하는 아름다운 모습 속에서
가슴이 탁 트이는 기쁨을 맛보아라

쏟아져 내리는 폭포에
꿈과 비전을 마음껏 외치고
내일을 향해 달려나가라

밤바다를 바라보며

겹겹이 어둠을 뭉쳐 밀려오는
밤바다를 바라보며
슬픔을 가슴 가득 안고 온 사람처럼
한동안 아무 말없이 서 있었다

깊어만 가는 밤 어둠 속에서도
불 밝히고 고기 잡는 배들의 불빛이 있어
밤바다의 두려움이 조금은 작아졌다

수없이 혀를 내밀며 몰아치는
파도가 부서지는 소리를 들으며
거세게 뛰는 심장 박동에
살아 있음을 온몸으로 느낀다

밤이 깊어갈수록
시야 속 깊은 곳으로 다가오는 바다는
죄의 껍질을
새벽이 올 때까지 계속해서
파도치며 벗겨내고 있다

나도 지워지지 않는 부끄러운 삶을
파도 속에 다 묻어버리고
이 밤바다를 떠나야 한다

델타 에어포트 호텔

뼛속까지 스며드는 피로를 느낄 때
여행을 떠나야 한다

흘러간 세월에도 기댈 수 없도록
삶이 겉돌아 홀로 외곽으로 빠질 때
여행을 떠나야 한다

떠날 때의 설렘도 제자리를 찾고
여행에 익숙해지기 시작할 때면
여행은 끝나가고 있다

낯선 것들이
정겨워지기 시작하면 떠나야 한다
만남도 언제나 헤어짐을 위해
존재하는 것이다

여행을 하며 그리움을 만들고
그 그리움을 가슴에 새기고
살아갈 수 있음이
행복하다

여행을 간직하기 위해
집으로 돌아간다
또 다른 여행을 꿈꾸며

산행

숲 속에서
느껴지는 나무의 숨결이
마음에 여유를 준다

사람들의 발길이 만들어놓은 숲길을 따라
어울림 속에 잘 자라난
나무와 나무 사이를 걸으면
몸과 마음이 휴식을 얻는다

맨정신으로는 살기가 힘들어
초점을 잃어가던 눈동자도
초록 속에서 안정을 찾고
몸 안에 가득했던 욕심과
욕망의 독성도 다 빠져나간다

늘 되풀이되는 피곤한 날갯짓에서 벗어나
새들의 울음소리와 물 흐르는 소리를 들으면
스스로에게 정직할 수 있어
얽혀 있던 인연의 실타래를
풀어놓은 듯 마음이 편하다

산은 언제나
숲은 언제나
그 자리에 있다

아침 바다

햇볕이 아주 좋은 날 아침 바다는
두터운 어둠에 갇혀 있던 밤바다와는
느낌이 전혀 다르다

밤새도록 비명 지르고 성깔 부리던
바다 전체가 아침 햇살을 받아
숫자를 헤아릴 수 없는
수천 수만 개의 다이아몬드가 되어
찬란하게 빛을 발한다

밤바다의 두꺼운 어깨 눌림도 사라지고
가벼움과 상쾌함 속에 기쁨을 갖는다

바다는 보물 창고다
이토록 아름답게 빛나고 있으니
그 속에는 얼마나 많은 보물이 들어 있을까

아침 바다를 바라보고 있으면
마음이 살갑게 부드러워지고
삶을 잘 엮어가고 싶은 생각에
희망이 가득해진다

지나고 나면 가슴이 뜨겁도록 모두 다 정겨운 시간이다

3

놓아두고 간 사랑의 조각들

홀로 남아 있으면 외롭다
고독이 등줄기까지 타고 올라
속절없이 휘감기는 애절한 외로움을
홀로 끙끙 앓고 있기란 쉽지 않다

세월은 밀어내지 않아도 떠나버리는데
한발 먼저 떠나 메마르고 고갈되어버리는
사랑의 마음을 어떻게 채워야 하는가

차디찬 바람 속에 흩어지며
외면하며 돌아서는 눈망울보다
반겨주며 외로움의 주름을 펴줄 수 있는
누군가가 곁에 있어 주기를 원한다

어둠이 시작되면
쓸쓸한 뒷모습조차 보이지 않는데
홀로 남아 있기엔
혼자라는 사실이 너무나 외롭다

왜 나에게 왔는가

나에게 왜 왔는가
모든 것 하나하나 지워가며 살았는데
몸서리치도록 아플 것을 알면서도
왜 나에게 왔는가

그리움이 한꺼번에 쏟아져나와
어찌할 수가 없는데
가슴이 불타올라도 말 못할 가슴이 되어
어찌할 수가 없는데
나더러 어떻게 하라는 것인가

말없이 그대를 안고 있어도
눈물만 흐르고 말 텐데
그 그리움을 어떻게 나 홀로 견디라고 하는가

가느다란 떨림 속에서
야윈 어깨에 가만히 손을 얹고
수척한 손을 잡아보고 싶다 해도
얼른 감추어버리고 말 텐데 어찌하라는 것인가

왜 나에게 왔는가
내 빈 가슴을 채워줄 수도 없고
사랑의 흔적마저 남김없이 가져갈
막연한 끝을 알면서도
그대는 왜 나에게 왔는가

하늘이 보고 싶을 때

푸르고 맑은 하늘을
한없이 바라보고 싶을 때가 있다

빠르게 흘러만 가는 날들 속에
원하던 것들이 허방처럼 무너져 내렸을 때
절망이 나를 마구 흔들어놓아
온몸의 진이 빠져나갔을 때

가끔씩이나마 모든 것을 내려놓고
닫아걸었던 마음을 활짝 열어
하늘을 바라보면
날 괴롭히던 머릿속 통증도 사라지고
삶을 삶답게 살고 싶어진다

따돌림 당해
기댈 곳도 없는 삶 속에서
잔꾀를 부리고 속임수를 쓰며
욕망에 불 질러 더럽혀져 가기에
온몸을 따뜻한 햇살에 말리고 싶다

가끔씩 하늘을 바라보며
내 마음 깊은 곳에서
샘물을 퍼내고 싶을 때가 있다

기다림

기다림은
갖가지 감정을 만들어놓는다

눈을 크게 뜨고
반갑게 맞아들이는 감동에서부터
눈을 감고 넘겨야 하는 절망까지
헤아릴 수 없이 많다

거친 비바람 눈보라를 맞으며
기다리는 사람들의 얼굴에는
초조, 긴장, 좌절, 한숨, 불안,
웃음, 기쁨, 여유, 행복 등
수많은 표정이 나타난다

기다림에는
쓸쓸하고 고독하게 서 있는
겨울나무 같은 기다림도 있고
화려하게 피어나는
봄철의 꽃과 같은 기다림도 있다

뻗친 손끝에 붙잡힘이 있을 때까지
영영 울다가 지쳐버릴 것만 같았던
절망의 어둠과 빈 껍데기를 걷어내고
흔들림 없이 견딜 수 있어야 한다

버려진 듯 아무렇게나 마구 뒹굴고 있는
막연한 기다림은
꺾여버린 꽃대처럼
시간이 지날수록 초라해진다

서운했던 속마음을 달래주고
짜릿한 감동을 주는 기다림은
굳었던 얼굴에 생기 돌고 살 돋는
기쁨을 준다

풀꽃같이 피었다가 사라져가는 삶

한 시절 이름 없는 풀꽃같이
피었다가 사라져가는 삶

머뭇거리면 늦을까
늘 허둥대며 힘겹게 살아왔는데
지나고 보니 너무나 짧기만 한 삶이다

야속하게 떠나가는 세월을 붙잡을 수 없고
내던질 수도 없어 끌려가야만 해도
그 누구도 미워하지 않겠다

때때로 텅 빈 가슴처럼 허전해도
애착이 가는 삶이기에
발끝에 부딪치는 외로움조차 어찌할 수 없다

긴 잠에서 깨어난 듯
흘러가는 세월에 악착스럽게 매달리고 싶을 만큼
안타까움은 절실하지만 후회하지 않는다

모두 다 그리워지는 계절
깨달음이란
지나간 후에 마음에 남아 있는 자국이다

사슬에 묶인 것만 같았던 삶
고집스럽지 않게 훌훌 털어버리고
마음 편하게 살아가야겠다

간이역에서

시끄러움과 분주함이 가득한 도시와
뻔한 반복이 계속되는 일상을 떠나
한적한 간이역을 만나면
왠지 과거로 되돌아간 느낌이 든다

삶의 틈새라도 어떻게든 잡아보려고
늘 바쁘게 휘두르며 살아온 터라
한가로움 속에 있으니 모든 것들이
나를 빤히 쳐다보고 있는 것만 같아 어색하다

왜들 그렇게
서두르며 살아가는 것일까
왜들 그렇게
욕심내며 살아가는 것일까

모처럼 한적한 간이역에서의
평화로움 속에
한동안 모든 것들이 정지되어
쉬고 있는 듯하다
삶을 너무 숨차지 않게 살아가고 싶다

순수한 웃음

모나고 질긴 삶 가운데
맑은 영혼에서 피어나듯
아무런 가식 없이 활짝 웃어주는
순수한 웃음만큼
행복한 모습이 어디 있을까

관절을 비틀어 끊어내듯
들려오는 소식마다 절망이 외마디 지르는
이 어둡고 서글픈 세상에서
웃음은 우리가 만들 수 있는
가장 밝고 따뜻한 햇빛이다

진흙탕 속에서 뒤범벅이 되어
숨 헉헉대며 분주하게 살다가도
잠시 잠깐이라도 걸음을 멈추고
거울을 보며 아무런 사심 없이 씩 웃으면
거울 속에 있는 나도 따라 웃는다

처절한 고통이 양어깨 뼈에 무게를 더할 때도
쭈그러진 미간을 쫙 펴고 웃으면
삶이 얼마나 따뜻해지겠는가
내가 웃으면 세상도 따라 웃는다

공원의 빈 의자

한적한 시간
공원에 있는 빈 의자

홀로 남아 있어 외로울 것 같아도
외롭지 않다

누군가 찾아와서
빈자리를 채워줄 것을 알고 있다

새들도 바람도 햇빛도 어둠도
사랑하는 사람도 상처받은 사람도
머물다 떠나간다

빈 의자에는 사람들의
마침표를 찍고 가지 못한
이야기가 남아 있다

빈 의자에는
비어 있는 여유로움이 있기에
누구에게나 편안한 쉼터가 된다

빈 의자에는
오가는 사람들이 남겨놓은
만남과 이별이
지워진 그림처럼 남아 있다

사람답게 살아간다는 것은

이 세상에 태어나 사람답게 살아간다는 것은
겨우내 언 땅을 뚫고
돋아나는 봄의 새싹처럼
결코 쉬운 일이 아니다

시시때때로 불어오는 바람이 거세고
때마다 넘어야 할 벽이 너무나 많다
잠시 머뭇거리는 사이에 만나는
수많은 미로 속을 헤쳐나가야 하고
유혹과 속임의 손길에서 벗어나야 한다

실패와 좌절이 생가슴을 찢어놓을 때에도
그 지독한 아픔을 스스로 이겨내야 한다
자신의 꿈과 비전을 이루어낼 수 있는
열정과 자신감을 가져야 하고
옳고 그름을 분별할 수 있어야 한다

꿈이 있어야
메마른 세상에서도 살아갈 힘이 생기고
용기가 있어야
거친 세상에서도 살아갈 능력이 생긴다
사랑을 해야
인연의 소중함 속에 삶에 생기가 돌고
눈물과 웃음의 의미를 알아야
진정으로 삶의 의미를 아는 것이다

자신이 꿈꾸던 것을 다 이루는 날
그 성취감을 마음껏 기뻐할 수 있을 때
살아간다는 것에 감동할 수 있기에
삶의 의미를 가슴에 새겨두며 살아가는 것이다

강물은

강물은 깊은 산 이름 모를 샘에서 시작하여
상류에서 하류까지 굽이굽이 돌고 돌며
허기진 이 땅의 메마른 목 줄기를 적셔준다
오천 년 한 맺힌 역사의
웅어리진 멍울을 풀어주는 생명의 핏줄이다

강물은 천 년 또 천 년을 흐르고 흘러내려
천 길 또 천 길을 흐르고 흘러내려
목마른 산과 들과 이 땅 사람들의 마음을
촉촉하게 적셔준다

강물은 이 땅 사람들이
눈이 가려지고 귀가 막히고 입이 닫혀
만신창이가 되어 쓰러지고 일어설 때마다
이 땅의 슬픈 역사로 흐느낄 때마다
민중의 가슴에 맺히는 고통을 안고 흘러내렸다

강물은 흘러 내려가며
상처 난 속살을 어루만져주며
씻은 듯이 낫게 하는 살아 있는 흐름을
아무도 멈추게 할 수 없는 민중의 힘이다

거리의 구석에 서서
지나가는 사람들을 말없이 바라보며
왜 나만 우울할까
마음속 생각이 너무 비참해 의욕마저 상실했다

어느 날 깨달았다
모든 사람이 각자 그들만큼의 역경 속에서
슬픔과 기쁨을 안고 살아간다는 것을

삶의 목표와 방향이 분명하고
활력이 넘치고 의욕이 넘치면
슬픔은 점점 더 작아지고
기쁨은 점점 더 커진다는 것을

나의 내면에는
내가 알지 못했던 숨은 능력이 많다

내 마음의 바닥에 흐르는 기쁨을
점점 더 늘려가며
좋아하는 일 하고 싶은 일을 하면
다른 사람들에게도 행복을 나누어줄 수 있다

사람의 마음을 움직이는

심한 상처와 처절한 고통으로
굳게 닫혀버린 마음의 문도
진실한 사랑으로 두드리면 열린다

빈틈없는 고집과 부딪치는 갈등은
삶을 비참하게 만들고
두려움은 초라하고 나약하게 만든다

마음의 빗장을 열려면
아무런 두려움 없이 아픔까지
너그러운 마음으로 안아주어야 한다

자신의 마음을 활짝 열어야
다른 사람도 마음의 문을
활짝 열고 다가온다

다른 사람의 말에 귀 기울이고
가슴 깊은 곳에서 우러나오는
순수한 마음으로 아픔을 감싸줄 때
움직이지 않을 마음은 없다

아무런 숨김없이
서로를 신뢰할 때
단단하기만 하던 마음의 벽이 무너지고
통로가 열리기 시작한다

사람의 마음을 움직이는
가장 위대한 힘은
사랑이다

나의 삶은 모두 다 아름다운 시간이다

세월의 내리막에서
못다 한 사랑 채워가며 살아갈 수 있다면
후회는 없다

떠나가는 시간 속에 아무런 미련을 남기지 않고
그리운 정 하나로 살아갈 수 있다면
외로움에 온몸을 떨던 시간도
생각 속에서 즐거울 수 있다

기쁨에 즐겁던 시간도
슬픔에 괴롭던 시간도
지나고 나면 가슴이 뜨겁도록
모두 다 정겨운 시간이다

잊혔던 사람을 그리워하며 눈물짓던 시간도
이루지 못한 꿈 안타까워하던 시간도
내가 만났던 사람 모두가 그리워지던 시간도
모두 다 행복한 시간이다

균형을 잃고 다시는 되돌아갈 수 없는
안타까움만 남는 시간일지라도
황혼에 붉게 물들어가는
나의 삶은 모두 다 아름다운 시간이다

수많은 군상이 떠도는
빌딩 숲을 떠나
초록의 세계로 들어가면
밤엔 사람들의 눈빛이 없어서일까
몰려드는 어둠이
검은 숯덩이보다 더 짙게 가둬놓는다

하늘엔 별들이 옹기종기 모여
얼마나 재미있는 이야기를 하는지
눈빛이 반짝반짝 빛나고 있다

한밤중에 궁금해져
창밖을 빠끔히 내다보면
달 하나 가슴에 아리도록 슬프게
구름 사이로 외로이 떠 있다

사랑은 직선이다
곡선이 되거나
교차되거나 엇갈리거나
엉키면
떠나버린다

사랑은 끈이다
감았다 풀었다
할 수는 있지만
잘못해 끊어져 버리면
영영 돌아오지 않는다

사랑은 순수하고
가장 고운 빛깔이다
덧칠하거나 변색되거나
탈색이 되면
아무런 가치가 없다

방황의 끝에서

방황의 끝에서
허물어지고 뜯겨버린 내 마음을
살살 간질이며 꼬드겨오는
너의 진실을 읽을 수 있다

헛꿈조차 난도질당해 잘려나가고
헝클어져 버린 모든 것을
보듬어주고 보살펴주는
속 깊은 사랑에 빠져들고 싶다

심장의 박동이 열정을 만들어
고통조차 음미하며
삶의 아픈 토막까지
가슴에 끌어안았다

태엽이 풀린 듯
절망으로 터져버린 고뇌를 넘어
감동을 맛보았을 때
감정이 되살아나
살아 있음이 행복했다

아프도록 그립던 날 흘렸던 눈물을 찍어 그대를 그리고 싶다

내 발길이 머문 곳은 *4*

오늘은
내일을 만들어가는
희망의 날

커다란 숲의 나무들도
작은 씨앗 하나하나가 자라난 것
오늘 뿌린 가르침의 씨앗이 큰 숲을 이루어간다

크고 거대한 문도
작은 열쇠로 열리는 것
오늘의 배움 속에 큰 꿈을 이루어간다

배우는 학생들의 존경의 마음과
가르치는 스승의 사랑의 눈길이 모여
교육의 꽃이 피고 열매가 맺힌다

오늘의 고난과 시련을 극복하며
사랑과 신뢰로
교육의 큰 꿈밭을 개간해나가자

우리 하나가 되자

내 사랑하는 나라 사람들아
우리 하나가 되자
세계 속의 우리나라는 작은 나라 중의 하나이다

자원이 부족하나 산천이 아름다운 나라
우리 모두 하나가 되면
지상의 어떤 나라보다
뛰어난 민족의 저력을 발휘할 것이다

미움을 버리고 시기와 다툼을 버리고
질투를 버리고 반목을 버리고
서로 사랑하며 서로 밀어주며
우리 하나가 되자

역사가 흐르고 세상이 변해도
열강은 언제나 경쟁 속에 살아남는 법
세계 속의 우리가 뛰어나려면
하나가 되어 힘을 발휘해야 한다

내 사랑하는 나라 사람들아
우리 하나가 되자
세계 속에서 우뚝 서는 나라를 만들자

너를 유혹하고 싶었다

단조롭고 무미건조하게 흘러가는 시간 속에
던져져 있는 것 같아
외로웠다

넓은 세상에 나 혼자만 고독이
길쭉하게 자라나 버려
쓸쓸했다

늘 삐걱거리는 삶에
끈끈하게 달라붙는 그리움 탓에
슬펐다

내 발길이 머문 곳은
언제나 고독 속이었다

찬바람만 가득한 세상
홀로 견디기가 너무 힘들어
누군가에게 기대고 싶었다

홀로된 설움이 겹쳐와
미치도록 고독할 때
외로움 속에서 벗어나기 위해
너를 유혹하고 싶었다

습관의 변화

습관을 변화시키는 것은
몸과 마음에 혁명을 일으키는 것이다

잘못된 것들을 잘라내고, 벗겨내고, 내버리는
엄청난 수술과 처절한 투쟁 속에
억세게 장악하고 있던
마음의 감옥에서 벗어날 수 있다

끝없이 자라나는 허욕과
쓸모 없는 나태와 핑계와 변명을 던져버리고
이마에 땀 흘리는 열정으로 최선을 다하면
모든 것이 새롭게 달라지기 시작한다

비참하도록 구멍이 숭숭 뚫려 허술했던 삶이
알차고 견고하게 변화되고
축 처졌던 어깨가 제자리를 찾는다

게으름을 훌훌 털어버리면
눈빛에 생기가 돌아 내일이 보이고
근심 덩어리가 사라져 마음에 여유가 생긴다

늘 압박하며 발목을 잡고 있던
과거를 던져버리고
끝없이 괴롭히고 못살게 굴던
고질적인 잘못된 습관에서 벗어나
용기와 확신으로 살아가는 것은
가슴이 벅차도록 신나는 일이다

몰락의 순간

절벽에 서 있듯 자칫 잘못 생각하면
한순간에 모든 것이
와르르 무너져 내리는 일이 있다

풀어지지 않는 매듭을 억지로 풀려고
몸부림치면 칠수록
다시는 빠져나올 수 없는
수렁 같은 구렁텅이가 있다

상처를 받아 자꾸만 어긋나고
눈에 보이는 대로 발길 닿는 대로 살아가면
끝없는 몰락의 블랙홀 속으로 빠져들게 된다

우울을 털어버리려고 죄악을 저지르면
막연해지고 꼬여가는 것들을
도무지 풀 수가 없다

욕망의 늪에 빠지면
아무리 통곡을 해도
잔인하고 날카롭게 더 조여들어 온다

처절한 고독의 순간에도 눈물을 닦고
끝없이 생각하고 행동하며
올곧게 살려고 발버둥을 쳐야 한다

평생토록 가꾸어온 삶을
한순간의 쾌락에 이끌려 날려보내고
몰락의 순간을 맞이한다면
너무도 허망한 일이다

모자람이 있어야
채워가는 기쁨이 있다는 것을 알았을 때
삶의 깊은 맛을 느낄 수 있다

환절기

태양이 온몸을 뜨겁게 달구더니
어느새 기온이 뚝 떨어지고
가을이 왔다

거리의 쇼윈도에 걸려 있던 여름옷들은
행방불명이 되었는지 보이지 않는다

알레르기성 비염으로 인해
코를 훌쩍거리는 사람들이 많아져
이비인후과 의사들이 바쁘다

거리엔 군밤 장수들이
밤거리 한쪽 불을 밝히고
간간이 붕어빵 장수들도
겨울 장사를 준비한다

사람들은 옷장을 뒤져
긴 옷을 찾아 입는다

나는
떠나버린 사랑에 가슴을 앓는다

너는 참 독하다

잠시 풋잠이 들었는데
늘 기다리던 너를
아주 오랫동안 만난 것 같다

쏜살같이 흘러만 가는 시간 속에
끝끝내 아물지 못하는 그리움 속으로
찾아드는 너를 사랑하려면
내 마음에 생채기가 나 아프다

나와 똑같은 마음이라 하면서
내 심장만 고스란히 빼앗아가고
모른 척하는 무심한 널 보면 애가 탄다

내 속을 마음대로 들고나는
네가 그리워지는 밤이면
나는 뜨겁게 뒤척일수록 괴로운데
그리워하면서도 잊은 듯
잘도 살아가는 너를 생각하면
너는 참 독하다

죽음

죽음이 재촉해올 때
그 순간을 기다리고 있는 사람은
어떤 심정일까

두 손에 쥐었던 모든 것을
다 놓고 떠나는 마음이 어떠할까

죽음을 당한 사람 외에는
아무도 알지 못하지만
쓸쓸한 마음으로 자문자답을 해본다

희로애락을 마음껏 표현하려 했던
얼굴에 표정이 없어지고
가쁜 숨 몰아쉬며
무거운 침묵 속으로 떠나간 죽은 사람이
살아 있는 사람을 울린다

생명선 밖으로 떠난 사람들은
무엇을 남겨두고 가는가
사랑의 흔적인가
고통의 흔적인가

죽음 속으로 떠나가도
서럽지 않게 여운을 남겨놓는
사람의 삶이 너무나 고귀하다

상처로 남아 있는 기억

바람에 쫓기고 세월에 쫓겨
시도 때도 없이 떠돌아다녀야 하는
세상살이의 고달픔은
세월이 흘러가도
상처로 남아 있는 기억 중의 일부이다

주인 눈빛만 보아도
월세 올릴까 간담이 서늘하던 시절
사람의 눈빛이 가장 차갑게 느껴졌다

집 가진 사람들이 가장 부럽던 시절
늘 갈망하던 것이 있다면
그럴듯한 내 집 한 칸 장만해서
대문에 문패 하나 딱 달고 싶었다

세월이 흘러 집 장만하고 보니
아파트라 문패를 달 수도 없고
죄수 번호인 양 숫자만 적혀 있다

꿈 하나 이루기를 갈망하며
마음의 틈새까지 꼭 끼어 있던
슬픔을 다 풀어내고 살다 보니
고통의 그림자도 저만치 사라진 듯하다

세상살이 알 것도 같고 살 것도 같은데
깊은 상처로 아파하던 기억들을 다 지워버리려 하니
남아 있는 삶이 아쉽다

칭찬

칭찬이란
마음속에 사랑의 나무
한 그루 심어주는 것이다

칭찬해주는 사람의 얼굴은
행복이 가득하고
칭찬받는 사람의 얼굴은
기쁨이 가득하다

칭찬 한마디가
마음의 길을 터주고
서로를 가깝게 만들어준다

칭찬 한마디가
삶의 방향을 바꾸어놓고
삶의 모습을 바꾸어놓는다

칭찬해주는 사람은
마음이 따뜻해지고
칭찬받는 사람은
얼굴이 밝아진다

사람들은 누구나 칭찬받기 원한다
칭찬은 대화의 꽃이며 열매다

삭막한 도시

빈틈없이 들어차는 집들
거미줄 같은 도로망
오고 가며 수없이 만나도 인사도 없고
감정에 전혀 미동도 않는 사람들이 늘어만 간다

지쳐버린 발걸음들이
공해로 빛바랜 신호등 따라 움직이고
머물렀던 곳에 마음을 놓아두지 않는다

서로 의지하며 살기보다
홀로 살아가는 법에 익숙해졌는지
빈 가슴에 무엇을 간직하며 살아가는지
물질로 변질되어 움직이는 색깔들 속에
서로 다른 아픔만 가득하다

덫에 걸린 짐승처럼 외마디를 지르고 싶은
삭막한 도시의 고통 속에서도
견고히 견딜 수 있는 강해지는 법을 배웠고
기다림 속에서 인내를 배웠고
절망 속에서도 올곧게 살아갈 수 있는
희망을 잃어버리지 않았다

홀로는 너무 공허하고 쓸쓸하고
기진맥진해 피로가 쌓일 때
심장 속 깊숙이 따뜻한 숨결 흐르게 해주고
내 마음에 날개를 달아줄 사람이 필요하다

발걸음이 빨라지게 하고
애만 태우는 삶 속에서
퍼렇게 멍든 상처를
따뜻한 손길로 어루만져줄 사람이 필요하다

힘이 들어 쓰러지고 덕지덕지 고통만 달라붙고
채이고 짓밟히고 짓눌리고 조이고
숨조차 쉴 수 없이 거칠어지는 삶 속에서
따뜻한 가슴으로 보살펴줄 사람이 필요하다

서글픈 마음에 신세타령만 나오고
모든 것을 훌훌 던져버리고 싶을 때
내 마음을 보살펴주고 다독거려주고
따뜻한 마음으로 위로해줄 사람이 필요하다

암 투병 환자

모든 것이 상처로만 남고
생명이 허물어지는 시선 끝에는
살아 있는 것들에 대한 미움이 생겨난다

절망이 너무 빨리 찾아와
희망 하나 건져낼 수 없고
헝클어진 마음을 풀어주는
남아 있는 것은 아무것도 없다

소름이 돋도록 기막힌 인연으로 찾아온
죽음의 손길이 발끝에 다가오고
심장을 더듬어오는 섬뜩함에 한이 맺힌다

가벼운 웃음조차 사치스러운 일이 되고
순간순간 전신이 굳어지는 느낌에
꼼짝달싹 못하도록 숨이 꽉 막혀와
멈출 수 없는 고통이 극에 달한다

죽음의 칼로 심장을 멈추게 해야만
이 감당할 수 없는 고통이 멈출까
늑골이 울리도록 살고 싶은 마음이 간절해
생명의 끝에 전율을 남긴다

고통과 투쟁뿐인 날조차 놓치고 싶지 않아
죽음을 확인하고 들어가야 하는
애절한 눈빛에 사람의 나약함이
그대로 드러나 있다

반복이 없다면

늘 똑같다고 푸념하며 새로운 것을 찾는다
모든 일상이 반복처럼 느껴져
골라내고 발라내도 지루하기만 하고
피곤하게만 느껴진다

삶에 즐거움을 기대하며
한 맺힌 것들을 풀어내고
가슴에 고여 있는 것들을 퍼낸다

늘 변화를 원하며
늘 새로운 것들과 만나려 한다

아옹다옹 어려운 세상살이
아등바등 살아보아도 발도 못 붙이고
꿈 하나 부풀리지도 못하고 산다면
데굴데굴 구르며 울부짖고 싶을 것이다

반복이 없다면
새로운 것들과 만나는 피로와
서투른 살아감에
얼마나 불안할까
늘 낯설고 친근감이 없어지고
살고 싶은 맛이 사라질 것이다

한 사람 한 사람 우리 모두가

하늘이 맑아야 빛나는 별들이 보이듯이
정치가 바로 서야 나라의 미래가 보입니다
물이 깨끗해야 물고기가 살 수 있듯이
정치가 깨끗해야 국민이 평화롭게 잘 살 수 있습니다

한 사람 한 사람 우리 모두가
손끝으로 아름다운 그림을 그려내는 화가처럼
우리의 손으로 올바른 정치인을 뽑아야
나라가 바로 세워집니다

딴 생각하지 않고 열심히 일하는 농부가
실한 열매를 거두듯이
딴 마음 갖지 않고 열심히 일하는 정치인을 뽑아야
부정부패가 사라집니다

오직 한 마음으로 한결같이, 목숨까지 아낌없이
국가와 민족을 위해 헌신할 줄 알고
국민의 눈과 마음을 볼 줄 아는 정치인을 뽑아야
나라가 튼튼해집니다

한 사람 한 사람 우리 모두가
나라를 사랑하는 마음으로
깨끗한 정치인을 선출할 때
우리나라의 내일은 희망차게 열리고
세계 속의 한국으로 발전할 것입니다

용혜원 시집